英国医学会组织编写

健忘与痴呆

U0147471

英国医学会组织编写

家 庭 医 生 丛 书

健忘与痴呆

（英） Dr. Christopher Martyn
Dr. Catharine Gale 著

周瑞玲 林 驹 译

福建科学技术出版社

(闽)新登字03号

著作权合同登记号：图字 13-2000-23

A Dorling Kindersley Book

www.dk.com

Original title: FORGETFULNESS AND DEMENTIA

Copyright © 1999 Dorling Kindersley Limited, London

Text Copyright © 1999 Family Doctor Publications

图书在版编目(CIP)数据

健忘与痴呆/（英）马丁(Christopher Martyn)，（英）盖尔(Catharine Gale）著；
周瑞玲，林驹译. —福州：福建科学技术出版社，2000.10
（家庭医生丛书）
ISBN 7-5335-1697-4

Ⅰ.健…　Ⅱ.①马…②盖…③周…④林…
Ⅲ.①健忘-诊疗②阿尔茨海默病-诊疗　Ⅳ.R749.1

中国版本图书馆CIP数据核字(2000) 第29173号

家庭医生丛书
健忘与痴呆
（英）
Dr. Christopher Martyn
Dr. Catharine Gale
著

周瑞玲　林　驹译
*
福建科学技术出版社出版、发行
（福州市东水路76号）
各地新华书店经销
福建省地质印刷厂排版
东莞新扬印刷有限公司印刷
32开　2.75印张　50千字
2000年10月第1版
2000年10月第1次印刷
印数：1-10000
ISBN 7-5335-1697-4/R · 338

定价：18.00 元
书中如有印装质量问题，可直接向承接厂调换

目　　录

我担心自己的记忆力

"我老是忘记别人的姓名。就在上个星期，我遇到那个过去住在路边的太太，我熟悉她，却怎么也记不起她的姓名，实在太尴尬了。最近这种情况越来越常发生。我很担心，我是不是衰老了，是不是得了阿尔茨海默病？它会越来越严重吗？"

这种抱怨是很常见的，许多人在年老时，都会感到自己的记忆力越来越差，或许就像图中对话的两个人一样，他们遇到了面孔熟悉的人，可一直想不起对方的姓名。

记忆减退常在记忆姓名方面表现得最为明显，而且这些人如果不能很好地记住姓名的话，便会意识到自己对其他事物的记忆力也衰退了，他们会发现自己很难记住与别人的约会和需要完成的任务，外出购物时，常常想不起要买什么东西，忘了把钥匙或眼镜放在哪里。

忘记姓名

记忆力衰退常表现为忘记姓名，遇到熟人叫不出姓名是件尴尬的事。

忘了东西

忘记自己的东西（如眼镜）放在哪儿是一件烦人的事，这是记忆力正在丧失的一种常见症状。

如果这样的记忆差错经常发生，人们的担心是不足为奇的，他们可能会认为自己已经变得衰老或得了阿尔茨海默病。记忆力下降有时确实是某些严重疾病的表现，人们往往据此得出过于简单的结论。如果你（或你周围的人）在记忆方面有障碍的话，本书的头三章将帮助你了解自己究竟怎么了，帮助你正确认识未来，并使你能够更好地处理所面临的问题。

记忆的机制

先解释记忆是如何工作的，这样对进一步理解会有帮助。假设一天早上一个朋友把你介绍给一个名叫莫丽尔·普利切特的妇女，当天傍晚你恰好又遇见她，你会说："您好，莫丽尔，我们早上见过面。"显然你记住了她的名字。但这一切是如何进行的呢？

尽管进行了大量的科学研究，我们已经知道了不少，但对记忆过程人们仍有许多东西有待了解。把记忆过程分成三个阶段是认识记忆行为的一种有效方法。

记录信息

记忆的第一阶段就是你必须记录信息。当人们把你介绍给莫丽尔时，你注意到了她的名字和面孔，你的大脑接收到这些信息，然后传递到贮存记忆的部位。

贮存信息

在记忆的第二阶段，大脑把这些新的信息归档存放，从你开始认识莫丽尔直到再次遇见她，她的名字和外表都贮存在你的大脑里。

回忆信息

记忆的第三阶段就是对大脑贮存的信息进行检索，在前面所举的例子中，当你第二次遇见莫丽尔时，就进行着记忆的第三阶段，你这时就可以叫出她的名字向她问候了。

完整的记忆都必须经历这三个阶段，如果其中的任何一个阶段失败的话，你就无法在第二次遇见莫丽尔时回忆起她的姓名了。

记忆过程在许多方面就像你把一封信存档放在文件柜里以便将来查阅。把这封信设想成是一条新的信息，首先你应当意识到这封信你以后还会用到它，然后你就必须把它放在一个安全的地方，第三，想再读它时，你必须打开存放这封信的文件柜抽屉，

信息存档
大脑就像一个文件柜，将信息归档存放以备未来之需。

记忆的三个阶段

● 记录需要记住的新信息。

● 信息贮存归档以备将来检索。

● 需要时调出该信息。

把它取出。如果一开头你没有意识到这封信的重要性，没有正确存放或归档，那就不可能在需要时找到它。

记忆的类型

心理学家认为记忆有几种类型，用于贮存各类不同的信息。用于贮存实际事物（如人的姓名）的这部分记忆与用于贮存知识（如怎样做事）的那部分记忆是分开的。这也就解释了为什么有的人虽然很难记起别人的姓名，却知道如何使用开罐器，如何打开电视机而没有任何困难。

遗忘

我们都会遗忘，否则我们的记忆就无法正常工作。遗忘是个有用的过程，在这个过程中，将不重要的信息清除。例如，把你上个星期在超级市场中所买的东西都堆在大脑中显然是毫无意义的。大脑时时刻刻都在决定哪些需要记住，哪些需要忘掉，贮存重要的，清除无关紧要的。但是每个人的大脑都会不时地犯错误，有时就把很重要的事情给忘了。

任何记忆都会随时间而消退，那些每天都会遇到的事被牢牢地记在我们的头脑里，而那些只是偶尔才用到的信息则难以回忆起来。例如，大多数人都能记住自己的

积极的遗忘
无关紧要的信息，例如每周所买的东西，很快会被清除，以免记忆的通道被堵塞。

电话号码，而当他们要给医生打电话时，却不得不查电话薄。

回忆一个事实或一件事能使记忆更新，并使它更容易用于未来的记忆。相反，那些从来没用的信息会逐渐淡忘。比如，你现在还能记住多少中学历史课上学到的历史事件的发生日期？

什么因素影响记忆

记忆的效率与准确性取决于我们使用它的场合，正如先前所解释过的，要把一个信息贮存在记忆中，我们首先要对这信息有足够的重视，才能够记录和接收它。

记忆这个非常重要的第一阶段的干扰因素很多，它们主要有如下几种：

信息超载

如果一次接触太多的信息，以后就会发现无法回忆其中的大部分。在一个社交场合，我们会结识许多人，但以后常常就会忘记他们的姓名和有关他们的情况。这就是因为有太多的信息需要记录和贮存，以致使我们的记忆容量大大超载。

信息超载

与人相识，记住他们的姓名、倾听他们的对话……需要记的东西太多了，其结果是几乎什么也没记住。

那些平时很忙的人常会发现，他们健忘只是因为需要记忆的东西太多了。

如果某人生活很有秩序，那么他所需要记忆的东西就比那些生活多变和充满压力的人来得少。

精神状态

由于类似的原因，焦虑和抑郁的人常会感觉自己记忆力不好。他们由于自己内心的想法和感情而心事重重，分散了太多的注意力，因此无法注意到那些新的信息，其结果是不能正确地把新信息记录下来。

生理功能低下

老年人由于听觉和视觉不好，所以也不容易记住事情，这是因为视听能力的低下使得他们难以记录和接收信息。

疾病的影响
身体长期患病如心脏病的老年人，他们的记忆常常会出问题。

疾病

身体的疾患，尤其是老年人，也会对智能产生破坏性的影响。那些患心脏病、糖尿病等慢性病的人也会发现他们的思维和记忆不如以往。

这种身体疾患和记忆功能之间相关联的

确切原因仍未被人们完全了解。由于疾病而产生的压抑，尤其为疾病而痛苦时，这种现象就总会发生。

衰老的影响

当我们衰老时，身体的各个部分都在变化，其中有些变化在生命的早期就开始了。很少有运动员在30岁以后还能打破记录，因为他们的肌肉、关节、心肺功能已不如从前了。

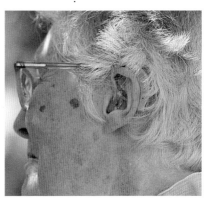

听觉和视觉
步入老年时，我们的听觉和视觉就像记忆一样越来越差了。

身体的某些部位衰老得比其他部位更快些，而不同的人首先显现衰老迹象的部位也不相同，如有的老年人得了关节炎，需要置换髋关节，而有的老年人变得越来越聋，需要戴上助听器。

衰老与智能

必须意识到，随着身体衰老，我们的智力进程也在改变，反应速度以及处理新信息的速度开始减慢。学习新事物对老年人来说越来越困难，尤其是当信息呈现得太快或以不熟悉的方式呈现时更是如此。老年人常常发现自己越来越难以将注意力同时集中在两件事上，越来越难以忽视与手头的事情无关的信息。当我们越来越老时，对准确性的关注程度大于对速度的关注，这就使得我们有时工作得更慢。但是衰老也并不全是坏事，研究结果表明，老年人所拥有的丰富经验使他们更容易找到完成工作的有效方法，这足以补偿速度上的不足。老年人却常常低估自己的能力。

记忆与年龄

针对智能如何因衰老而改变这一课题所进行的心理学研究结果表明，我们记忆活动的改变是一个渐进的过程。例子之一就是测试一个人在短时间内记住一系列数字的能力。年轻人可以在一两分钟内记住七、八个数字，而大多数60岁以上的老年人只能记住五、六个数字，可能在你拨打电话时，就已经注意到这点了。

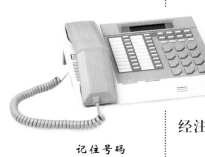

记住号码

当我们日渐衰老时，就会发现越来越难记住像电话号码那样的一长串数字。

我们记忆姓名的能力似乎特别容易受年龄的影响。而当需要记住事实性的信息时，比如在交谈中说了些什么，广播或电视节目的内容，或者如何做一件事等方面，大多数的老年人仍然表现很好。

如果老年人对自己的记忆能力丧失信心的话，他应该明白这个事实，即他们记忆中贮存的东西远比年轻人多得多。回过头来再看看先前的例子，老年人的记忆"文件柜"显然装得更满。一个70岁人的记忆"文件柜"中所装信息的是35岁人的2倍，以这种方式来看，老年人在检索记忆和吸收新信息时显得更慢也就不足为奇了。所以，如果你担心自己的记忆，那么只有与你同龄人作比较才有意义，别去与年轻人相比。

要 点

● 记忆过程可分成三个阶段：记录、贮存和回忆信息。

● 每个人都会遗忘——大脑每时每刻都在决定哪些需要忘记，哪些需要记住。

● 疾病、焦虑和过多的信息负载会影响我们的记忆力。

● 大多数人都会随着衰老而越来越健忘。

你的记忆力如何

这里有一个调查表，它能让你知道自己日常的记忆力究竟怎样。调查表中的问题有助于认识自己记忆力的强弱。找一个安静的地方，花上几分钟时间尽可能如实地填写。

这个调查表中的每个问题都有4个答案，它们与你记忆出现差错的频繁程度相对应。

当你填好调查表后，再请求你的家人或与你关系密切的朋友对你的记忆能力进行评价，把自己的评分与朋友或亲属对你的评分相比较，就可以为你提供比较真实的记忆能力的评价。

评价你的记忆力

利用几分钟时间填写下页的调查表，它有助于你认识自己记忆方面的不足之处。

评价你的记忆力

利用此调查表评价自己的记忆能力，针对每种情况给自己评分，如果这种情况从未发生或极少发生（如一年只有几次）评1分；如果是偶然发生（一个月几次）评2分；较常发生（一周几次）评3分；如果经常发生（每天都有）评4分。最后将所有得分相加，再对照第18页。

● 忘了把东西放在哪儿，在家附近丢失东西。

● 无法认出你以前常去的地方。

● 必须回头检查自己要做的事是否已经做了。

● 出门时忘了带东西。

● 忘记昨天或前几天别人告诉过你的事，可能需要别人提醒才能想起。

● 靠视觉无法认出自己经常见面的朋友和亲戚。

● 阅读报刊杂志时，无法搞清故事的头绪，找不出故事发展的线索。

● 忘记向别人交代重要的事情，忘记向别人转告或提醒某事。

● 忘记关于自己的重要细节，如自己的生日和居住地等。

● 对别人告诉你的详细情况混淆不清。

● 忘记东西平时所放的位置，或者找错了地方。

● 在你经常去的路上散步时，或在某个建筑物中迷路或走错方向。

● 错误地重复日常所做的事，如往已加了茶叶的茶壶中加茶叶，或者刚刚梳过头又梳一遍。

● 重复告诉别人你刚讲过的事或者重复问同一个问题。

分析你的得分

如果你准确地填写调查表，那么你的得分就会提示现在的记忆水平，并有助于你认识自己记忆中的不足之处。

得分	评价
14-19	记忆力很好，无需担忧。
20-29	记忆功能一般，你可以从下一章中得到一些有助于增强记忆的忠告。
30-39	记忆力低下，可能只表明你生活非常忙碌，对记忆需求很大。我们会在下一章中提出一些切实可行的办法，对你应付靠不住的记忆会有所帮助。
40-56	记忆力已经很差，频繁出现的记忆差错对你的日常生活产生了严重的影响。出现这种情况的原因可能较多，很有必要与医生讨论此事。

要 点

● 此调查表的目的是让你了解自己的日常记忆能力。
● 它有助于你判别自己记忆能力的强弱。

如何克服记忆障碍

令人遗憾的是，记忆力不像心肺功能可以通过适应性锻炼来改善。记忆训练不大可能有效地改善你的记忆力，也没有任何证据表明记忆障碍可以通过顺势疗法或针灸来改善。

然而还是有一些办法可以让你生活得轻松一些。我们的目的是为你提出切实可行的、解决这些问题的忠告。

自我评估

承认记忆力有问题
坦诚地承认自己的记忆在衰退，有助于你最终认清问题。

要应付越来越不可靠的记忆，采取的第一个步骤就是承认自己存在记忆障碍。 你现在阅读这本书就意味着你已经走出了这一步。我们希望你已经填完调查表，现在对自己的记忆状况有个较客观的评价，它可能并不像你原先担心的那么糟糕。

了解究竟发生了什么，是重要的第二步。正如我们在第一章所提到的，并非仅仅是你，实际上是每个人的记忆力都在年老时衰退。尽管有些人喜欢装得什么问题也没有，希望记忆上的毛病会自行消失。但是积极面对问题的态度才会对你有好处。

坦诚面对

与记忆衰退相伴而来的另一个问题，就是忘记熟人的姓名、面孔，由此产生令人沮丧的尴尬。在这种情况下，我们有时可以想点办法来掩饰这种状况并保住面子。你完全可以在不称呼对方姓名的情况下与之交谈，或者开玩笑说自己记错了，免得尴尬。幽默在对付记忆衰退上理所当然有其一席之地。

如果健忘使你在生活中发生困难，那么你可以尝试用玩笑掩饰自己的焦虑，或者采用幽默的方式转移注意力。但如果这种方法使你不能严肃地解决问题，则是不可取的。试图掩饰自己的记忆障碍，最终可能使生活变得更困难。

为什么不能坦诚地告诉亲友你所面对的困难？你将发现他们会同情你，他们自己也经常忘记别人的姓名，忘记放东西的地方，忘记该做的事。

寻找恰当的词语

有时很难找到确切的词语来解释你的问

家庭的支持
与亲友讨论自己的问题一般能让你觉得轻松而有益。他们能在感情上支持你，提醒你重要的事情，帮助作出安排。

题，可以事先想好几个句子。假如你担心会忘记与朋友的约会，你可以这样说："我的记忆力变得不好了。你能否提醒我一下？"

也许你经常面对忘记某人姓名的尴尬处境。我们将在这一章后面部分讨论如何改善对别人姓名的记忆。但如果你尝试过各种努力仍旧是头脑空空的话，也不要害怕承认现实。你可以这么说："我认得您，可我忘了您的名字。"

寻找应对的办法

你可以采用一些办法，使记忆错误较少发生。你可能已经用过一些记忆辅助方法，如记日记或列出购物单。但如果觉得记忆力越来越差，或觉得这样做更为可靠，不妨多用这些办法。采用这些方法会减轻记忆上的压力，使你不再那么担心遗忘，而且这确实会使你不那么健忘。正如我们在本章后面说明的，你可以采用一些改善信息贮存的方法使之容易回忆起来。或许我们推荐的一些办法看来太简单，没多大用处，但不妨试一下，许多对自己记忆力感到失望的人觉得这些方法还是挺有用的。

应用记忆促进法

当你难以记住与别人的约会和该做的事时，你应该尝试用下列这些记忆促进法，它或许有点用。

笔记

笔记是一种简单而非常有效的提醒物。随身带一个笔记本，把每天你要做的，尤其是那些不必马上就做的事情记下来，而这些事往往是你最容易忘记的。

尽量在你想到应该做某事时马上把它记下来，并养成一种习惯。定期检查自己的笔记本，每天二到三次——若不常看笔记本，记下的提醒事项对你就没有意义了。

有些人觉得他们夜里在床上时会记起第二天该做的事，那你可以在床边放上纸和笔，记下你所想到的事，这是一个好习惯。

促进记忆的另外一种方法，是在你每天都会看到的地方贴上一张便条，文具店销售一些称为"贴条"的彩色粘贴便笺，专门是用于为自己和别人留便条，如果你常常忘记该做什么事，它就确实有用。例如你需要把外套交给洗衣工，可以在前门贴上一张便条提醒自己。

日记和挂历

日记或挂历同样也是非常有效的提醒物。养成习惯记下某日你所有的约会和要做的事，并且把日历或挂历放在你每天都会看到几次的地方，如大厅或厨房。

圈出重要的日期

遵守约会
在日记或日历上标出约会时间，是非常有效的帮助记忆任务和约会的方法。把这些日记和日历放在显眼的地方。

记住服药
假如你需要按时服药，就可以用一个特殊的药盒，只要看一眼就知道自己是否该服药了。

清单

大多数人都会为购物列出清单，尤其是要买很多东西时。在其他方面清单也是很有用的，比如可以在打电话之前列出要讲的内容提纲。

当你计划外出度假时，也可以列出需要打点的行李清单，每装进一件后就在该物名称前打个勾，需要时再核对一下清单。

药片盒

假如你需要定时做一些事，如服药等，为何不买一种可以在预定时间响铃的钟表呢？另外你也可以选择一个带有响铃装置的药片盒或一个带有几个小格的药片盒，这些小格按日期排列，使你容易记起每日应服用的药，并检查究竟服过没有。

提醒服药的另一种方法，是把药片放在服药时需要取的物品附近，如把药瓶放在牙刷旁边或茶叶罐上。当这种做法成为惯例时，就不会对自己的记忆感到有多大压力了，而且还会发现，按设定的程序做事时，这些事就像是自动完成的。

提高记事能力

在第9页我们解释过，对于各种信息只有

当你关注它们时才会贮存在记忆中。如果养成了定期思考该做什么事的习惯，你就很可能记住它们。在每天某一固定时间（如刚开始工作时或者午餐后）思考你要做的事，就会发现这样做对记忆很有好处。

有时你会发现自己明知道有事要做，却记不起是什么事，这时可以把想起来要做的其他事情都考虑一遍，来激发自己的记忆。例如你要外出购物时，就可以想想要买的其他东西。又假设你打算在花园里干些活，却忘了该干什么活，这时可以试着回想一下当初做这项打算时的情景，或者走到花园里，这些做法都会刺激你的记忆。

人们常常会忘记自己是否已经做了某件事，例如忘了是否关了窗、是否关了炉子等等。一种帮助你记事的有效方法就是，当你做这些事时，对自己大声地说话，如关炉子时说"我现在关上炉子了"，这样就可以使你的思想集中在你正在做的事情上，并且有助于将它保存在你的记忆中。

寻找东西的提示

人们很容易把眼镜或钥匙放在某处，过后却找不到，或者买了些东西放起来，以后却忘了放在哪儿了。

安排条理化

应该把物品有条理地存放在固定的地

方。一件物品用完之后，应该放回原来的地方，假如你常在家里找不到钥匙，可以做一个专门的挂钩，当你进入房间后马上就把钥匙挂在挂钩上，并养成习惯。

清单与标签

在你经常存放东西的地方列出一个清单也很有帮助，这可以避免你把东西放错地方。把小橱子中所装的东西列成清单贴在门上也是一个好办法。

如果你外出时有遗失东西的先例，可以把写有姓名、地址和电话号码的自粘标签贴在雨伞或袋子上，假如你忘记了，起码还有人帮忙给你送回来。

记住东西放在哪儿

当你在某个地方存放物品时，应当把注意力集中在这个地方，为什么要把东西放在这里？有什么特别的原因？当你存放东西时，大声地说出存放的位置，有利于记住这个地方。例如当你在停车场停车时，把注意力集中在车的位置与售票机或出口的位置关系上，离开汽车时再想像一下它在停车场的位置，这样就能正确地记忆下来。

假如你确实忘记把某物品放在哪儿了，那么回忆一下最后一次用此物品的情景，当时你在干什么？再想想你随后又干了什么？

一件物品一个位置
记住把钥匙放在固定的位置，最好挂在钩子上，有助于你每次找到它。

是在什么地方？另外也可以想想你可能存放的所有地方。

记住姓名

与人初次见面时，多关注他们的姓名。如果姓名比较特殊，问一问如何拼写。与人交谈时，最好称呼其姓名——"莫丽尔，您住在哪儿？"。在交谈中，重复对方的姓名是一种友好的表现，你越注意这些姓名，它们也就越牢固地保存在你的记忆之中。最后告别时，再重复一下对方的姓名。

如果某人的名字就在嘴边却一时想不起来，可以尝试把每个字母都顺序想一遍，或者回忆一下第一次听到这名字时所在的地方，或许就会想起对方的名字，如果你实在想不起来，也不必烦恼，承认自己忘了，这是很平常的事。

要 点

● 承认记忆有问题是你克服记忆障碍的第一步。
● 告诉亲友你在记忆上有困难。
● 你想要记住东西放在哪儿，就要为那些容易丢失的东西确定一个固定位置，并在橱子和抽屉上贴标签。

是重病的征兆吗

许多人发现自己的记忆衰退时，常常担心是否得了严重的脑病，他们怀疑自己已经衰老或是得了阿尔茨海默病。对于某些人来说，这的确是最糟糕的事。

一个人由于记忆力不好所导致的种种不便和尴尬，他可能并不太在意，但是当他发现记忆日渐衰退是属于衰老或痴呆的症状时，会感到非常恐惧。只要人们知道自己得的不是痴呆，他们就觉得能够克服记忆上的障碍。

智能衰退

虽然记忆力不好是一般衰老过程中常见的现象，但是在拉尔夫这种病例中，它可能是某种严重疾病的征兆，例如痴呆。

在本书的第一部分，我们叙述了人们衰老时记忆力的正常变化，强调指出老年人必须学会如何在生活中应付日渐衰退的记忆，但是有时智能的变化是一种比一般衰老更为严重的脑病征兆。以下我们要讨论一些你自己或你所关心的人以及医生们都应该关注的事。

病例：痴呆

拉尔夫·埃默森在65岁生日前几个月从市政厅退休了。刚退休时他和太太莉迪亚都忙着他们早先许诺过的、只要有时间就要做的事。拉尔夫装修房子，莉迪亚制作新窗帘。他们每周游泳两次以此健身。他们有了新的爱好，莉迪亚发现自己有水彩画的天赋，而拉尔夫也学着为她的画制作画框。他们到过去一直想去而没去过的地方旅游。有一年冬天，还到澳大利亚去看望大女儿一家。莉迪亚觉得拉尔夫从来没有这么快乐过。可是几年之后，她逐渐发觉拉尔夫与以往不一样了。

自从退休后，每周购物已成为拉尔夫的习惯。莉迪亚很高兴他接手这件自己不太喜爱的工作，而且拉尔夫也很爱购物，常常像小学生一样高兴地向太太夸耀买回的廉价货。但是几个月后，他似乎变得挥霍浪费了。

好几次他买回两个人根本吃不完的蔬菜和昂贵的肉，有一次甚至买了好几罐宠物食品，而他们家连一只猫也没养。同时他也开始忘事了，尽管莉迪亚给他列了购物单，可他仍会忘记。

莉迪亚决定与他一起去超市。他们一起购物一起排队结账，付款时拉尔夫拿出钱包，却似乎不知该做什么，莉迪亚惊恐地看到拉尔夫竟然不知道该付多少钱，于是她只好接过钱包自己来算钱。

在其他方面，拉尔夫也有许多变化。他原来是个脾气很好的人，即使工作压力很大时也是如此，可现在他却对莉迪亚喜怒无常，经常发脾气。

有时一些小事也会使他不安，很小的刺激就会引来他的污言秽语。一些朋友也说他的性格变了，莉迪亚明白这一切并不仅仅是自己的想像。

随着时间的流逝，莉迪亚越来越担心丈夫。原先对他毫无困难的事，现在他却无法完成，他再也无法把注意力集中在一件事上，哪怕是一会儿。

他想为莉迪亚的一张画制作画框，弄错了尺寸，不仅不反省自己测量不准，反而怪莉迪亚用了太大的纸张。

莉迪亚还注意到他已经完全失去了生活的活力和动力，他再也没有提出和她一起外出做那些他们过去爱做的事，他再也不愿离开自己的家了。莉迪亚怀疑他只要离开自己的房屋就会惊恐不安。邻居好几次发现他在附近的街道上迷了路，把他送回家。

他甚至对家里的事也失去兴趣。他依旧在早餐时阅读报纸，可是莉迪亚发现，他连报纸上一条标题也想不起来。当老朋友来看他时，他也很少交谈，有时他看上去根本不知道来者是谁。

拉尔夫在70岁以下就开始痴呆是很少见

的。但他的症状表明，这种疾病的早期阶段，性格和智能方面有许多变化。它也表明，人衰老过程中一般记忆衰退与可怕的痴呆有显著不同的。一般的记忆衰退仅仅是令人尴尬和厌烦，但个人的性格和日常生活中解决问题的能力与以往并没有什么两样。而痴呆却完全不同，拉尔夫的症状表明，这种疾病使大脑各方面的功能都退化了。

要　点

● 人们常常担心记忆衰退是痴呆的一种征兆。

● 大多数的记忆衰退并不是痴呆造成的。

● 痴呆是一种影响性格和日常生活能力的疾病。

什么是痴呆

痴呆问题
在痴呆后期，有定向力障碍、性格改变及焦虑等症状。

痴呆是医生描述一种进行性智能衰退病变的术语，这种疾病还伴随着行为和性格的改变。

上一章我们叙述拉尔夫的事例说明了早期痴呆患者最常见的一些变化。当然，由于年龄、性格和体质的不同，个体对疾病的反应方式有所不同，症状上也存在着差异。

痴呆症状是什么

痴呆的症状包括记忆丧失、性格改变、定向力障碍、无法进行日常活动以及交流困难等。

记忆丧失

这是痴呆的一种常见特征，首先受影响的是有关近期事件的记忆。在疾病进一步发展之前，对早期事件的记忆通常不受影响。正如先前描述过的，要记住一条信息，我们首先必须对其有充分的关注，然后进行记录和接收，以后才有可能回忆起来。由于在某些疾病中，如阿尔茨海默病，大脑发生了变化，导致这种贮存近期信息能力的衰退。短期记忆方面的障碍在疾病早期可能不会产生太多的问题，毕竟许多人都明白自己年纪大了，记忆力不可能再像以前那么好了。但随着疾病的发展，记忆丧失会越来越严重，例如患者准备外出办事，却忘了他要去的地方，或者他吃饭后却忘了自己究竟吃过没有。在疾病后期，患者甚至连与他关系密切的人的姓名都忘记了。

痴呆的常见症状

- 记忆衰退
- 定向力障碍
- 性格和行为改变
- 日常生活能力丧失
- 交流困难

定向力障碍

与记忆衰退密切相关的就是方向和时间定位能力的丧失。许多痴呆患者存在定向力障碍的征兆，他们不知自己所处的位置，不知道何年何月或星期几，有时甚至昼夜不分，夜里想外出或白天想睡觉。你一定记得前一章所描述的拉尔夫离家时的糊涂窘态。当疾病进一步发展时，这种丧失寻找周围道路的能力会越来越突出，患者常会离家漫游而迷路，这会给照顾他们的人带来很大的麻烦。在病程的后期，患者可能连自己家周围的路也认不得了。

性格和行为的改变

在这种疾病发作之前，有些患者的性格看来与平时没什么两样，但有些人却表现出明显的变化，常见的是退出社交场合以及对日常活动丧失兴趣。患有痴呆的病人可能有非特异性的情绪波动，或者他们性格中某些隐藏的部分会变得更突出明显。例如，某些病人可能会变得越来越仇恨或焦虑，有些病人似乎有显著的性格变化，从一个平素文雅、温和的人变成一个易怒和具有攻击性的人。

随着病程的发展，许多患者开始表现出为社会所不能接受的行为方式，他们的言语和行为也很不得体，与先前完全不一样。

情感爆发
痴呆患者常常经历突发的难以预测的情绪变化，他们会变得焦虑、抑郁，或动辄攻击挑衅。

生活技能的丧失

在上一章，我们已经看到拉尔夫丧失了日常生活能力，发现他无法持久地关注一件事情。这是痴呆的一种特征，患者难以完成以往很容易做到的事，如驾驶汽车、烹调等，而且随着疾病日趋严重，甚至连穿衣、洗漱都有困难。

交流困难

早期的痴呆病人可能在讲话时找不到合适的词语，这就使得他们难以与人进行复杂的交谈，特别是无法将电话的内容记录下来。

随后患者可能说不出完整的句子，交谈中随意转到其他话题，或者不断地重复某些话语。读和写的能力也受到影响。

随着病程的发展，患者越来越难用正确的词语进行表达，而且由于理解能力的衰退，与人交谈变得更加困难。

在痴呆的后期，采用非语言的交流方式，如触摸、表情等，对那些照顾患者的人来说是非常重要的。

痴呆的病因

医学上所指的痴呆并不是一种完整的诊断，一些疾病都有可能产生痴呆的症状，重要的是找出导致痴呆的病因。尽管有些病人可以成功地治愈，但不幸的是，到目前为止，对于大多数病人来说，我们还没有很好的办法。

阿尔茨海默病

在英国，阿尔茨海默病是造成老年人痴呆的最常见病因。有极少数病例是由于基因的缺陷引起的，由于基因能够遗传，所以一个家庭中可有几个成员受到影响。但是必须强调指出，由于这种原因导致的阿尔茨海默病是很少见的，大多数的病例并不是遗传缺陷造成的。科学家至今还没有找出更普遍的与家族遗传无关的阿尔茨海默病的病因。现在人们正在对这种疾病进行大量的科学研究，某些最新的进展和流行的理论将在第66～68页中介绍。

神经细胞原纤维缠结

老年斑

患病的大脑组织

这张大脑组织的显微照片显示出阿尔茨海默病的典型特征，包括老年斑和神经细胞原纤维缠结。

科学家一直在研究阿尔茨海默病患者大脑的神经细胞究竟发生哪些变化，将患者脑组织的薄切片放在高倍显微镜下，可以看到两种正常人大脑所没有的特征，就是老年斑和神经细胞原纤维缠结。老年斑是由一种异常淀粉样蛋白沉积而成的。关于阿尔茨海默病的一种流行理论认为，这种斑块的形成是由于大脑中清除这种蛋白的功能出现异常而引起的。神经细胞原纤维缠结是另一种异常蛋白的缠结，与老年斑不同的是，这种缠结发生在神经细胞内。产生这种缠结的原因目前不清楚，可能还是由于神经细胞处理蛋白质的正常功能受到某种形式的破坏，这些缠结阻塞了神经细胞使它们不能正常工作。

血管性痴呆

人体几乎每个部分都需要血液供应——血液把氧气和营养输送到各个组织，同时带走二氧化碳和其他代谢废物，大脑也不例外。大脑是个很活跃的器官，通过数百万条细小血管组成的血管网得到丰富的供血。如果某些血管阻塞了，它们就不再供血，这就是人们发生轻微中风时的情景，这些血管原先供血的大脑区域出现缺氧，有些神经细胞死亡。由于缺氧导致的局部脑组织死亡称为梗死。

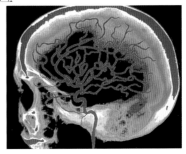

大脑的供血
这张大脑血管造影图显示向大脑供血的4条动脉中的一条动脉血管的分布。

中风对脑组织的影响

在血管性痴呆病变中，许多小中风和大中风不断累积，导致血管阻塞的这部分脑组织发生进行性的广泛损害。

血管　　　脑组织

阻塞的血管

死亡的脑组织区域

痴呆的可能病因

痴呆可由不同的病因产生，以下是一些最常见的病因：

- 阿尔茨海默病
- 脑卒中或血管性痴呆
- 维生素B_{12}缺乏
- 甲状腺功能低下
- 药物作用
- 神经系统遗传性疾病
- 脑部重复性损伤的滞后效应

广泛性小血管疾病会导致整个脑组织出现许多微小梗死，尽管单个梗死很小，但其累积的影响会破坏大脑正常功能。这种典型的痴呆有时称为多发性梗死性痴呆。

当我们衰老时，血管会越来越狭窄。这个过程有点像硬水地区在水管和水壶中经常见到的水垢现象。这种小血管病变在那些长期患高血压的病人中特别常见，而且会由于吸烟而加剧。

混合性痴呆

在解剖由于痴呆而死亡的大脑时，有时会发现既有阿尔茨海默病的特征也有小梗死的特征，无法确定病人的症状究竟是由哪种痴呆引起的，这样的病人就被称为混合性痴呆。

其他病因

从上面所列的各种病因可以看出有许多原因可导致痴呆。

有时因代谢异常或激素失调等原因也会出现痴呆的症状，如维生素B_{12}缺乏、甲状腺机能低下，偶尔也有药物治疗出现的副作用，破坏了血液和脑组织中盐和化学物质的平衡。由这些原因引起的痴呆通常可以治愈。

有不少的遗传性疾病会导致痴呆，所幸这些疾病很少见。

反复性的头部伤害，例如职业拳击手，有时也会在后期发展成某种形式的痴呆。

如果想更多了解阿尔茨海默病、血管性痴呆或其他较少见的痴呆病因，可以参考一些可能对你有所帮助的书籍。

你该怎么办

如果自己或周围的人有类似上述症状的话，就该尽快去找医生咨询，不要拖延。理由如下：首先，要正确诊断痴呆是很困难的，使你担扰的这些症状可能有其他方面的解释。尤其是老年人，出现与痴呆非常相似症状的一种疾病是抑郁。你可能认为抑郁就是情绪低落和对未来感到悲观，但医学上的抑郁所包含的意义比我们暂时感受的悲观忧郁要多得多。患严重抑郁症的病人在记忆和注意力集中方面非常困难，而且对周围的一切失去兴趣，他们的症状像是患了痴呆。

其次，某些疾病虽然

向医生咨询
如果你怀疑所认识的人有智能方面的问题，就应该鼓励他们尽快去找医生进行早期诊断。

表现出痴呆症状，但却是可以治愈的，重要的是尽快诊断。即使不能治愈，也可以通过治疗使症状不再发展。最后，即使确定患了一种无法治愈的痴呆，也还有各种辅助手段来改善患者的生活质量，减轻看护者的负担。

要 点

● 痴呆症状包括严重的记忆障碍、定向力障碍、与人交流困难、性格变化以及日常行为的改变。

● 痴呆可由不同的病因引起，最常见的就是阿尔茨海默病和血管性痴呆。

● 尽快寻求医疗帮助。

医生会做些什么

在上章结尾，我们建议，如果你担心自己的智能或担心身边某人有痴呆的征兆，就应立即向医生咨询。

在这一章我们以拉尔夫和莉迪亚为例，向你说明医生如何处理这个问题，这也将有助于回答后面的问题。我们简要地介绍那些医生认为必要的测试，并解释为什么必须进行这些测试。

评价病史

我们可以想像，莉迪亚一定劝过拉尔夫去找医生咨询。他们与拉尔夫的医生伊丽莎白·加勒特约定了见面的时间，莉迪亚与丈夫一同前往。为了做出诊断，加勒特医生需要一份近几个月来拉尔夫所发生事情的详细情况表。由于拉尔夫时常很糊涂，所以必须由莉迪亚提供可靠情况。尽管人们常认为医生是根据X光或验血等科学测试结果来进行

诊断

如果你护理一个怀疑有智能问题的病人，医生会要求你提供患者近期行为的详细情况。

诊断的，但是第一步而且是最重要的一步，是从病人或可靠的目击者那里获取病人情况的详细描述，随后才进行必要的测试，以确认医生的临床诊断，或帮助鉴别几种可能的病因。莉迪亚对于拉尔夫身上出现的种种变化的叙述是最直接和最重要的线索，有助于医生确定拉尔夫究竟得了什么病。通过与莉迪亚和拉尔夫的交谈，加勒特医生将对发生的事情有更全面的认识，医生想知道的是如下几点：

● 拉尔夫家庭的其他成员是否患有神经系统疾病。

● 拉尔夫以往所患疾病的详情（莉迪亚可能也有相关的记录）。

● 拉尔夫是否服用任何药物，包括医生开出的处方和自己从药店购买的。有时错误的剂量或混合用药会产生类似于痴呆的意识混乱状态。

加勒特医生可能还需要：

● 测量他的血压。

● 进行体检，特别注意神经系统的功能。

● 进行各种智能测试，这些不是用来唬人的，而是为了更好地评价拉尔夫的记忆力和解决问题的能力，这样她才能证实莉迪亚的叙述，同时评价拉尔夫智能衰退的程度。

加勒特医生根据所发现的情况，可能自己来做某些测试，或者安排拉尔夫去找在痴呆及相关方面具有丰富知识和经验的专家。

委托专家

在国家的不同区域，有不同的专家。医生将怀疑患痴呆的病人委托给哪类专家，部分取决于该地区能提供的医疗服务水平，也取决于病人的特点，如他们的年龄、症状的性质等。

临床心理学专家

如果一个心理医生受过记忆力、学习能力和其他智能的评价培训，那么由他来对怀疑有痴呆的患者进行评价是非常有益的。在持续约1小时的访谈中，他会进行一些测试，其结果是对病人的智能状况和现有的问题提供详细的报告。

神经病学专家

神经科医生专门诊治那些大脑或神经系统其他部分的疾病。他们医治帕金森病、癫痫、多发性硬化和偏头痛等。这些病人常常需要进行脑部扫描和其他只能由昂贵的仪器进行的检测。由于这个原因，神经科医生一般都是在拥有这些仪器的大医院里工作。

如果加勒特医生怀疑拉尔夫的症状是由于大脑疾病造成的，她可能会把他委托给神经科医生，征求专家的意见，如有必要再做进一步的检查。

老年病学专家

老年病学专家擅长治疗老年人的各种疾病，记忆衰退和智能退化是老年人的常见病，老年病学专家能够通过调查找出这些智能改变的根本原因。

老年人常不愿意去医院，因此老年病学专家通常经过家访来对病人进行评价和检查。

老年病学专家常常也是老年病护理组的成员，这种护理组由护士、职业医生、理疗医生和社会工作者组成，他们对如何安置和帮助住在家中的老年人有丰富的专业知识与技能。

家访
老年病学专家通过家访来评价病人的身体和精神状况。

精神病学专家

精神病学专家就是专门诊断和治疗各种精神健康问题的医生。对于那些由于严重的抑郁症而出现类似痴呆症状的病人来说，要做出明确诊断有一定困难，而精神病专家的评价对这些病人却很有帮助。

老年精神病学专家

老年精神病学专家擅长解决老年人的精神健康问题，他们在诊断痴呆，对与该病相关的各种问题上提出忠告，以及协助医疗和社会服务人员照顾这些病人等方面都有丰富的经验。

检验和调查

有一些检验手段主要是用来排除导致智能障碍的其他原因，如激素紊乱、胸部感染、心肺异常或脑瘤。

血液检验

有时智能衰退是由于人体代谢紊乱或血液中激素的不平衡所致。对血液标本进行实验分析，就可以检测出这种紊乱和不平衡。但实验室的分析过程比较复杂，因为对这些微量的化学物质和激素进行精确的测定，有时需要一两周的时间才能把结果报告给医生。对病人来说，这些检验很容易，没有痛苦，只要从肘部或手腕部的静脉中抽出少量的血液，装在一个专门的试管内，送到实验室检测。病人所要做的就是等待结果。

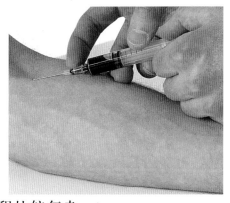

抽血
从一份血液样品可以检测出人体系统中存在的任何激素或代谢的紊乱，这些紊乱会引起智能障碍。

胸部X线检查

拉尔夫被送到医院进行胸部X线检查，这样医生才能排除由于心肺异常而导致智能衰退的可能。

X线检查

对胸部进行X线检查，可以搞清是否有胸部感染或心肺的某些异常引起智能衰退。

脑部CT扫描

CT指的是计算机断层扫描——一种尖端的X线检测手段，它能让医生详细而清晰地看到大脑。接受扫描的病人平躺在一张X线摄像平台上，头部放在一个大圆孔内，孔的周围就是扫描器。扫描器能够拍出脑部不同位置一系列断层的X线片，医生可以从中找出脑部是否有可以导致痴呆症状的任何异常现象。

下一步怎么办

一旦各种必须的检验和调查都进行完毕，结果就会送到加勒特医生处。如果她把拉尔夫委托给专家，那么专家就会写信告诉她调查的结果，以及他们对拉尔夫病情的评价，还可能会提出治疗方面的建议。整个过程可能需要几个月时间，要去几家医院，最后才能做出确切的诊断。

目前还没有一种简单的方法可以检测出一个人是否得了像阿尔茨海默病这样的进行

性痴呆，只有导致这种症状的其他病因都被排除之后，才能做出这种诊断。

完成各种检验和评价之后，莉迪亚和拉尔夫就可以找加勒特医生或医院的专家讨论检验结果，以及如何解决拉尔夫的问题。

要　点

● 应该向护理人员询问疑有痴呆的病人的近期行为表现。

● 医生要对病人进行体格检查和一些智能检测，以帮助他（或她）做出诊断。

● 可以委托专家对病人进行专门的帮助。

家人的情感影响

当一个家庭成员患了阿尔茨海默病这种进行性痴呆，要承认这个事实是很困难的。最终诊断以及患者身上出现的明显变化，带给家庭的震动在初期是难以承受的。

随着患者病情进展、症状加重，你必须适应不断恶化的各种新情况。那些照顾慢性痴呆患者的人需要强有力的支持，帮助他们克服由于注定要发生的悲剧所带来的巨大情感冲击。如果你处于这样一种境地，重要的就是认清自己的情感并意识到你需要他人的支持，这并不是自私，只有这样做才能使你更有效地克服这种情感的影响。

像失去一个人
当一个人的智能变得越来越差时，他的朋友和家人就会感到他正在离他们而去，感觉就像经历丧失亲人般的痛苦。

本章讨论一些你可能会经历的感受，同时提出一些建议。

丧失亲人的感觉

当你亲近的人被诊断得了痴呆时，你一定会感到非常悲痛。这种疾病给患者带来性格和行为的改变以及逐渐丧失正常生活能力，这些会使你产生丧失亲人般的感觉，你将不得不面对失去同伴带给你的悲痛——你失去一个原先与你同甘共苦的伙伴，或者你的异性伴侣。尤其当你逐渐地了解到这个诊断最终意味着什么的时候，这种悲痛的感觉还会加深。在必须照看病人的同时，又要经受这样的感情折磨，实在是一种双重的负担。

怎么办？让你的家人和朋友分担你的忧愁和痛苦。这样做有助于你接受现实，同时也可能减轻你丧失亲人的痛苦感觉。医生会提供心理帮助，而且在必要时推荐你去向专家咨询，同时，会见其他处境相同的朋友也是一种获得心理帮助的方法。

在英国的许多地方都有为护理者提供帮助的组织，其中有当地独立的护理者组织，也有全国性管理机构。阿尔茨海默病协会为各种痴呆患者的护理提供服务。全国老年人关怀和护理者协会也为痴呆患者的护理人员提供支持和帮助。

你可以在本书的最后一页"记录"中记上你家周围的这些组织的地址和电话号码，如果你所在的地区没有这些组织的话，你可以发起成立一个，社区医生和护士会支持你与其他家庭联系。你也可以在当地的诊所或图书馆贴出布告，欢迎有兴趣的人与你联系。

愤怒

此时感到愤怒和怨恨也是很自然的，为

了这样可怕的事情而愤怒，或者为家庭其他成员没有提供足够的帮助而愤怒，还因为自己一直期待的美好未来将被改变而怨恨。同时你还要在日常照顾患者时处理种种使人气恼的事，痴呆病人的行为使人难以与之相处。

许多人不愿承认自己的愤怒，或害怕把它表达出来，他们可能欺骗自己说并不是真正愤怒，或许他们认为对病人发泄愤怒是可耻的。但是否认或压抑这种愤怒并不是一个好办法，除非你承认它并表达出来，否则它要引发更大痛苦和怨恨，而且只会使你更加难以面对现实。

控制这些情感的一种方法就是把它们发泄出来，与亲友们谈谈你的愤怒和不快，让他们了解你的痛苦。与其他护理人员讨论你的情感也会帮你更好地度过这一难关。

内疚

内疚也是一种常见的情感反应。当这种疾病最初被诊断出来后，自然而然地要为发生的事寻找一种解释，人们有时会认为他们做过的某些事或没有做到的某些事导致了亲友的这种疾病。如果你也有这种烦恼的话，那就该多学习有关这种病的知识，同医生进行探讨或许有些帮助。

对患者的行为感到难为情甚至厌恶、发脾气，希望别人替自己承担起照顾患者的责任，所有这些都会使你产生内疚的感觉。

对必须承担患者原先自己料理的工作，你可能会感到怨恨和不快，而这又会引发内疚感。照顾痴呆病人有时会使你变成一个相反的角色，你必须像照顾不懂事的孩子一样悉心照顾患病的父母，诸如喂饭、洗澡等。患者需要这些帮助，与一个孩子希望从父母身上得到的一样。要适应这种角色的转变当然是很困难的。

多数人都很难接受这样一种事实，总觉得辜负了自己和别人的期望。这种情况下重要的是明白自己的感情，对面临的现状抱现实的态度，不必对自己期望过高。当你感到照顾痴呆病人给你和家庭其他成员带来的困难和压力实在太大时，可以安排一个住家护理员与患者一起居住，长期照料他。这样你可能会有一种如释重负的感觉，但同时可能又有一种深深的内疚感。此时将这些感觉与别人交流是有益处的。

应该意识到这样的感觉是常有的，看看其他人如何克服这一切困难，有助于你把内疚感控制在一定的程度。

角色的转换

你可能会感觉到现在照顾父母或祖父母的日常生活，如穿衣等，很像小时候他们照顾你一样。

难为情

痴呆的早期影响之一，是在社交场合丧失对别人的敏感性。患者最初所表现的丧失维持人际关系的必需技能，如对恰当的行为和言语的判断能力，因此带患者外出常常感到难为情，尤其是遇上不知情的陌生人。应付这种困境的一种办法就是把你的感受与其他护理人员进行交流。

向其他护理人员学习，能使你以更强的自信心和更少的难为情来应付这种困境，甚至可以一笑置之。向邻居和朋友们解释患者的病情，他们就能理解患者的行为，从而减少你的尴尬。

孤独

护理一个痴呆患者，一定会有孤独的感觉。照顾一个痴呆患者的负担使得你难以参加社交活动，假如患者一贯只与你相伴的话，那么你就会更加孤单。孤独感会让你难以解决平时遇到的困难，所以很重要的一点就是，不要为了照顾患者而耗费自己所有的时间。

将患者护理安排妥当，你就有时间与家人和朋友呆在一起，或参加像阿尔茨海默病协会这一类护理者帮助组织的活动。在这些场合与能够理解你的人交流感受，会为你带来友谊和支持的力量。一定要安排一些时间参加自己喜爱的活动。

要 点

● 承认你亲近的人正在丧失智能这个事实，是件很困难的事。

● 患者家人的情感反应，包括丧失亲人的感觉、愤怒、内疚、难为情和孤独。

谁能提供帮助

白天护理
白天护理中心能为护理员提供短期替换服务，很受患者和护理人员的欢迎。

如果你正在护理一个痴呆病人，肯定需要许多实际的支持和帮助。患者将越来越难以料理日常生活，如果你没有支持和帮助的话，无法为患者提供所有的护理。

遗憾的是，你有时很难找到提供各种帮助的相关信息，需要不断地询问。医生可能是很好的消息来源，也要同其他护理人员交流。我们在这一章中探讨你需要什么帮助，是从家庭还是从外部机构获得这些帮助，这些外部机构有健康服务中心、当地政府的社会服务部以及志愿者组织。

家人和朋友

家人是提供各种实际支持帮助的重要来源，有时家庭成员可以分担护理的责任，比如兄弟姐妹轮流照顾父母，或者某个家庭成员定期照顾患者，而让护理人得到休息。如果由于某种原因，家庭其他成员无法帮忙，那么你的朋友不仅会同情你也会乐于提供实际的帮助，如护理人员需要外出时，他们可以与患者呆在一起。

医生

可以通过医生寻求其他方面的帮助，保健人员、当地的护士及社区精神病护士通常都与医生的诊所保持密切的联系。

这些护士了解痴呆病人家庭护理上的困难，他们会告诉你哪些健康问题应该去找医生，而且会教你如何克服护理过程中的各种困难，如洗澡、喂饭、举止、大小便失禁、喂药等等事情。

对于身体虚弱、卧床不起或需要大量帮助的患者，社区护士还可以帮助洗澡、穿衣以及料理他们上床睡觉。

职业疗法专家

医生或医院的专家可能会安排一个职业疗法专家与你见面。他会对家庭护理及日常起居提出建议和帮助，例如扶手、高的抽水马桶、浴凳等，特别是合适的餐具和喂食辅助器以及便于穿衣的一些小装置。他们也会在你申请安装淋浴设备、轮椅坡道等的经济资助问题上提供很好的建议。

家庭服务

在英国，你所在地区的社区服务部门可

能会安排一个家政服务员每周到你们家探访几个小时，她们不仅提供一些实际的帮助，如一般的家务、清洁、洗衣服、购物等，而且也会帮助照看患者。许多地区还能提供送餐服务，在每周的某些日子为患者送上热饭菜。这种服务对那些仍然能够独自生活的患者帮助很大。有关这方面的服务情况，当地的居民组织或社会咨询服务组织会为你提供更详细的情况。

经济援助

照顾痴呆病人的花销很大，因此，保证得到各方面提供的财政援助是非常重要的。在英国，你与患者有条件享受一些津贴和补助，如护理补助、病残护理补助和残疾人生活补助等。痴呆病人还有资格享受减免市政税收。市民顾问署和社会工作者会告诉你要具有的资格条件，以及如何申请领取这些津贴。如果无法从其他方面获得帮助，有些慈善机构如阿尔茨海默病协会也会向护理人提供一次性专项补助。

短期护理替换

取得护理帮助的一个非常重要的内容，就是每天安排一些时间让痴呆病人在家庭之外获得照顾，这样就能为主要的护理人员提

家庭帮助

外面的护理人员如家政服务员，也会提供实际的帮助和情感上的支持。

供短暂的休息和解脱，如果你愿意的话，可以利用这段时间做一些非日常性的工作，你所在地的社区服务部门是这方面信息最好的来源。由当地政府和自愿者组织共同开办的白天护理中心可以提供各种娱乐和社会活动、午餐以及往返家庭的交通车。有些白天护理中心是专门为痴呆患者提供服务而设立的。由健康服务中心开办的老年精神病白天医院，为患者提供医学咨询，举办社会活动，进行治疗，但是这些医院的床位有限，通常是短期的。

当然，白天护理中心提供的是最普通的护理替换服务，他们也可能会安排某些人到家中照顾患者。有些志愿者组织每周为你提供几个小时的照看服务。另外，当地的护理协助组织也会安排护理服务，采用组织成员轮流的方法，这样每个人都有机会获得一定时间的休息。有的私人机构可以安排护理人员或护士进行长时间的服务，但这种形式的收费很贵。

如果你想外出度假或想有较长时间的休息，可以在家中或医院里安排一个与患者一起居住的护理员，有些医院为这种护理服务保留了一些床位，这是为护理人员能获得一段时间休息而专门提供的。民政部门为病弱的老年人开办的敬老院也会提供短期的替换护理。另外你还可以利用私人开办的疗养所和敬老院。社区医生和社区服务办公室应该能为你提供当地有关这方面的详情。

要 点

● 家庭、朋友、医生、当地的护理人员组织或教堂，都会提供实际的和感情上的支持与帮助。
● 阿尔茨海默病协会、老年关怀组织和社区服务组织等也能提供帮助。

你能做什么

我们已经描述了医生寻找引起智能障碍症状病因的各种方法。究竟是代谢紊乱、激素缺乏还是维生素B_{12}缺乏，医生会想办法来搞清这个问题，你的症状将很可能得到改善。

改善症状
只要病因是由于代谢紊乱、激素或维生素缺乏所引起的，医生就有办法改善患者的症状。

但是如果出现最坏的情况，即最终结果证明症状是由于像阿尔茨海默病这样的进行性痴呆所致，那该怎么办？遗憾的是，至今还没有治愈阿尔茨海默病的有效方法。曾经试验性的给患者服用过一些药物，观察能否缓解症状并减缓病程的发展。虽然有些试验结果认为一些病人可能通过服药而得到了缓解，但是其他病人的试验结果却不能证实这种药物的作用，其中有些疗法还可能有严重的副作用。大多数试验性药物服用后带来的害处超过了可能从中得到的好处，而且它们仍处于试验阶段，所以你不能指望这些药物。但是有两种新药——donepezil（或Aricept，安理申）和rivastigmine（或Exelon），现在作为处方药了。有试验表明服用这些药物的病人在某些智能测试中分数有所提高。

但是这些治疗并非对所有病人都有效，即使确有改进，也不能对病人的症状和日常生活产生多大的影响。

除了阿尔茨海默病，血管性痴呆是造成痴呆的最常见疾病。它是由于向大脑供血的小血管阻塞而引起的，靠这些阻塞的血管供血的大脑组织由于缺氧而死亡，到症状明显时，再试图消除阻塞已经太晚，不过还有可能采取一些措施来防止情况变得更糟。

高血压是造成血管阻塞的一个原因，可以通过服药安全有效地治疗。另一个可能的原因是这些病人的血液太容易形成血栓，近期发现，低剂量的阿司匹林——一种很常见的药对防止这种血栓形成非常有效，医生经常建议那些容易形成血栓的病人每天服用小剂量的肠溶阿司匹林。

到目前为止，对痴呆病人所进行的大多数治疗的目的都是要降低照顾这些病人的困难程度，治疗有效的话，能够减少患者的焦虑不安，改善情绪和睡眠。但这些症状并不一定非靠药物来治疗，采用其他方法可能更好。

关于行为的问题

随着病程的发展，患者许多方面的行为会使照顾他们的人感到既苦恼又难以应付。痴呆患者有时显示出很强的攻击性，言语粗俗，甚至有暴力倾向，一些看来很小的挫折失败也会使他们产生过分的反应，他们感到心烦和愤怒。他们会变得激动不安，有时绕着房子不停地走动，或者无目的的走来走去。有些患者不再像平时那样约束自己，做出一些令社会公众不能接受的事情，如当众脱光衣服等。

如果你在照看痴呆病人，可以采取一些预防性的措施来处理这些行为问题。记住可能使患者产生上述反应的场合，并想法避开这些场合，努力为患者创造一个平静、熟悉和轻松的环境，这有助于避免患者的发怒和紧张。

你也可以向社区精神病护士咨询如何更好地处理这些情感和行为方面的问题。他们可以为精神病患者及家人提供帮助和支持。医生也能够答复你在这方面的咨询。

假如患者的苦恼、焦虑和攻击性程度很高，这些简单的方法都没有效果，要采用安定药物治疗。这些药物有安定和镇静的作用，但也会产生副作用，它们只能根据医生处方并在严格的医疗监督下使用。

抑郁

有时难以区分严重的抑郁症和痴呆的症状，这时正确的诊断非常重要，因为严重抑郁症不像痴呆，它可以用药物有效地治疗。而有些痴呆病人会显得非常压抑，他们经常哭泣，变得孤僻，不喜欢任何事物。

用抗抑郁药物治疗可以改善他们的情绪，帮助他们更好地睡眠，而且也会减少行为的问题。如果你认为自己照看的病人很忧郁，应把情况告诉医生，在决定如何治疗前，医生会征求精神病学专家或老年精神病学专家的意见。

要 点

- 对于阿尔茨海默病，目前尚无治愈的方法。
- 已经有可用于改善症状的药物。
- 这些新药的效果有限。
- 采用安定药和抗抑郁剂治疗能减轻焦虑，改善情绪。

为什么得病

生活中不管什么时候发生了那些强加于我们的变化，我们总要搞清这种变化发生的原因。这样也就容易理解为什么当家庭成员被诊断为痴呆后，人们往往要弄明白究竟发生了什么事情或什么因素导致了这种疾病。

举个例子，假如痴呆的症状是在搬家后或者是在退休后的头几个月出现的，那么人们就很容易得出这样的结论，即这些事件相伴而来的压力以及生活方式的改变而引发了这种疾病。

责怪自己
许多护理者会产生错误的内疚，把患者得病的原因归咎于自己做过的一些事。

错误的内疚感

有些人走得更远，他们认为应该责怪自己，他们担心自己做过的事或没有办到的事导致了这种疾病或者使症状加重了。人们总是很容易这样自责："如果我早些带他去看医生，那就……"；"我本该多注意他的那些变化呀！"；或者"我本该多体贴他的……"，等等。

重要的是不该如此责怪自己，痴呆症状的出现是非常缓慢的，所以你很难察觉一个天天见面的人身上有什么不对头的地方。与患者不常见面的朋友和亲戚反而更容易看到这些逐渐发展的变化，他们往往第一个注意到这种行为能力的衰退。

痴呆的病因

阿尔茨海默病的原因至今仍不清楚，有几种理论我们要在本章的后半部分探讨。对于多发性梗死性痴呆，我们知道得稍微多些。还是让我们先了解一些不会导致痴呆的原因。人们进行了大量的科学研究，想对这种疾病有更多的了解，而且想知道为什么有些人容易得病。这些研究的结果表明，有关痴呆病因的许多说法是错误的。

不该责怪的事

●**用脑不够**　许多人相信如果智能器官得不到充分使用，就会退化，这就是所谓的"用进废退"理论。按照这种观点，如果老年人保持充分的智力活动，兴趣多样，他们就不太可能患痴呆，这是错误的理解。各行各业的人都有可能患阿尔茨海默病和其他病因引起的痴呆。有充分的理由让你的大脑在退休后继续保持活跃，但这样做并不能保证你不得痴呆。

●**用脑过度**　没有任何证据表明"想得太多"会导致痴呆——智力活动不会伤害也不会消耗你的大脑。

●**紧张的生活事件**　日常生活中一些突然变化或不利的事情，如变动工作、丧失亲人、离婚、搬家、住院或意外事故等都不会导致痴呆。但这些事情有时会使隐藏的痴呆症状显现出来。患者先前还可以克制自己，但是突如其来的变化或紧张的经历使他们承受不了，症状就首次暴露出来。所以看起来似乎是这些事情导致了痴呆，但实际上疾病早已存在，这些事件只不过使人们发现了他的症状而已。

●**心理问题**　患有焦虑或抑郁症的人有时被认为更有可能得痴呆，但是并没有确切的证据。抑郁有时是痴呆病人的早期症状，这就是为什么人们会误认为它是导致痴呆的一个原因。

●**饮酒**　酒精至少会暂时影响大脑的功能，所以许多人相信过量或长期的饮酒会造成大脑细胞死亡，这并不奇怪。在有些营养不良的嗜酒者中确实发现有大脑损害，但这种类型的痴呆很少见，而且与阿尔茨海默病和血管性痴呆也不同。

●**吸烟**　有人认为吸烟可以使人避免阿尔茨海默病，至今没有足够证据支持这一观点。

而吸烟者却似乎有更大的可能患上另一种痴呆——血管性痴呆。

●**头部伤害**　平日的碰撞，比如头部撞到碗橱上等等，不会导致痴呆。但是某一类人，如职业拳击运动员在他们的职业生涯中，头部反复不断地遭受重击，有时确实会发展成某种类型的痴呆。至于头部遭受能导致昏迷的一次性暴力损伤是否会增加患阿尔茨海默病的危险，专家们仍有争议，如果会的话，也不会增加很多。大多从头部外伤中存活下来的人并没有得阿尔茨海默病。

●**年老**　年龄大并不导致痴呆，大多数老年人并非都有痴呆。但是就像其他大多数疾病一样，老年人得痴呆的可能性比年轻人更大。

职业性危害
头部反复遭受击打的职业拳击运动员最终可能会患上某种类型的痴呆。

阿尔茨海默病

经科学研究，对阿尔茨海默病的起因有两种解释：遗传原因和环境原因。

遗传原因

有一小部分的病例，患者发病的年龄很早，而且他们家族中阿尔茨海默病的发病率也很高，其中有些家庭成员的第21对染色体上的基因缺陷是导致该病的原因。但这种解释只说明了例外，而不是规律，因为只有极少数阿尔茨海默病患者的病因可以归于基因缺陷。

对于老年人所患的更为常见的阿尔茨海默病的类型，其基因性质近来已被发现。携带有特殊的载脂蛋白E基因的那些人患病的危险性较大。这种基因带有人体所需的一种蛋白质的信息，这种蛋白质对于大脑的发育和正常功能是非常重要的。这种蛋白质有三种变型，有充分的证据表明，携带有其中一种变型的人在老年时患上阿尔茨海默病的可能性增加，现在还不清楚这种载脂蛋白E的变型是如何增加阿尔茨海默病的易感性。

环境原因

人们调查研究了大量可能导致阿尔茨海默病的环境因素，这些因素包括出国旅行、职业类型、化学品使用、服用各种药物、饮用茶或咖啡以及营养不良等等。也进行了各种研究，试图发现那些动过手术、接受过全身麻醉或者得过某些其他疾病的人是否更容易患上阿尔茨海默病。目前还不能十分肯定这些因素有什么影响。

血管性痴呆

这种类型痴呆的病因不是大脑神经细胞的问题，而是由于向大脑输送氧气和营养的小血管的疾病所造成的，导致血管疾病的一个非常重要因素就是高血压。那些血压持续

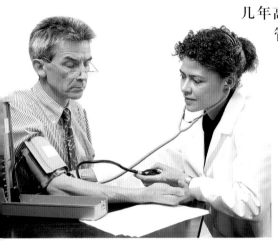

几年高于正常值的人，较可能得血管性痴呆。

另一种致病因素很可能是吸烟，因为吸烟会增加血栓形成的可能性。小血管疾病再加上血液易形成血栓是非常危险的因素，它很可能会阻塞血管，从而损害靠这些血管供血区域的脑组织。

高血压

让医生监控你的血压是很重要的，高血压会增加脑部小中风的危险，而这又会导致血管性痴呆。

要 点

● 只有少数患者是由于基因缺陷而得阿尔茨海默病的，大多数患者的病因尚无法确定。

● 血管性痴呆的一个重要原因是高血压。

未 来

阿尔茨海默病或其他类型的痴呆对于患者是个悲剧，对于那些爱他的人和承担着照看重任的人也是一个悲剧，这是一个影响越来越多人的悲剧。

不久前，医生们还很少考虑阿尔茨海默病及其他导致痴呆的疾病，而现在每个人都知道痴呆，而且许多人都有照顾患病亲友的悲伤经历。为什么会这样呢？一个重要的原因是世界人口老龄化。

寿命更长
近几十年来人口寿命稳定增长，患老年性疾病（包括痴呆）的人也随之增多了。

人口老龄化

在英国，本世纪初新生儿预期寿命是50岁，由于生活条件的改善——更好的住宅、更好的营养和更好的医疗护理，一代接一代，越来越多的人进入老年，现在新生儿的预期寿命已经超过了76岁。上述条件加上现在人们组成的小家庭，意味着人口老龄化。1951年，65岁以上的人口只占7%，而到1996年这个比例就提高到18%。这种人口的老龄化当然就意味着会有更多的老年性疾病影响到老年人。

英国以及世界上几乎所有国家的人口都将继续老龄化，这种情况会一直持续到21世纪后期。我们有理由预言，随着时间的推移，痴呆将成为越来越大的问题。像巴西、肯尼亚以及孟加拉这样的发展中国家，尽管现在的人口比较年轻，痴呆还不是大问题，但很快也会面临同样的问题。

对痴呆的研究

如果你在照看痴呆病人，你会感到非常孤独，或许你会觉得其他人并不在意你正在经受的痛苦，这种感觉是非常错误的。西方各国都在进行大量的医学研究，试图搞清引起痴呆的阿尔茨海默病和其他疾病。同样重要的是，科学家也在努力工作寻找成功治疗痴呆的方法。

让我们看看目前所取得的成就，展望未来的变化。如果你认为这进程很慢，那么请记住，仅仅在20年前，人们甚至不认为痴呆是医学上的大问题，当时并没有作为医学研究的优先项目来考虑。那时我们对这种疾病知之甚少，所以研究人员不得不从零开始。

当时他们的第一个任务就是确定这问题究竟有多普遍。流行病学专家（研究人口中疾病流行方式的医学研究人员）在世界各地进行了多次的调查，这样我们就对痴呆出现的频率有了较为准确的认识，这些信息对于认识该问题的规模以及紧急程度是极为重要的。有些调查结果也提出引起痴呆的某些疾病的病因，例如在英国进行的一项调查结果就提出，饮用水中含有少量铝的地区，阿尔茨海默病较为常见，但是进一步的研究却未能证实铝与阿尔茨海默病有任何联系，所以看来这只不过是一些不相关的事。

针对阿尔茨海默病患者脑神经细胞内的变化，在实验室进行的研究已取得巨大的进展。现在知道，在阿尔茨海默病患者大脑中有一种蛋白质分子出现异常的大量聚集，这种蛋白质分子的正常功能是起连接相邻细胞的作用。看来当这种蛋白质不再有用时，清除这种蛋白质的细胞机制失灵了。如果我们能知道其失灵的原因，那么就有可能解决这个问题。

生物化学家发现在阿尔茨海默病死亡者大脑中的某些部分，有一种称为乙酰胆碱的化学物质水平很低。乙酰胆碱是大脑中的一种传递信息的化学物质，它可使一个神经细胞与另一个神经细胞进行交流。这个发现引导人们去寻找可以提高乙酰胆碱水平的药物，人们希望，补充这种化学物质可部分恢复大

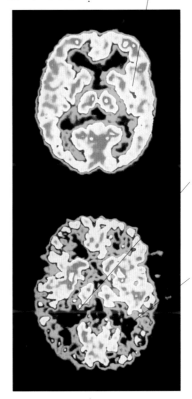

正常大脑

患阿尔茨海默病的大脑

脑细胞减少，留下空洞和低活性区域

脑活性降低
与正常大脑比较（上），阿尔茨海默病患者的大脑扫描图（下）显示了脑实质的减少。蓝色和黑色区域表示低活性区域。

化学递质的重要性

在大脑中，乙酰胆碱的作用是在神经细胞之间传递信号，阿尔茨海默病患者就缺少这种化学物质，使得思考能力出现障碍。

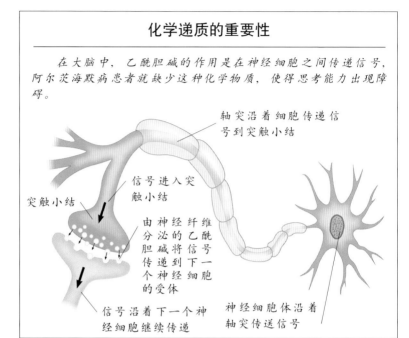

轴突沿着细胞传递信号到突触小结

信号进入突触小结

突触小结

由神经纤维分泌的乙酰胆碱将信号传递到下一个神经细胞的受体

信号沿着下一个神经细胞继续传递

神经细胞体沿着轴突传送信号

脑功能。

遗传学家也在为痴呆问题而工作，几年前的一项重要成果就是发现在少数痴呆患者中，阿尔茨海默病是由一种基因缺陷所导致。假如说遗传学家现在能知道这种正常基因的作用，那么我们就可以更好地了解在这种疾病过程中究竟出了什么毛病。

前景展望

目前我们还不知道这些科学研究线索中哪一条会取得成功，而哪一条最终是死胡同。

我们也无法预测今后在哪些方面能取得进展，重要的是我们的研究领域要进一步拓宽。找出痴呆的病因，并且了解大脑神经细胞内部究竟出了什么问题，是一项非常困难的任务。进展是缓慢的，如果你正在照看一个痴呆病人，那么必须告诉自己，这方面进展可能来得太迟，无法帮上你的忙。

有些认识或照看痴呆患者的人决定加入前面提到的志愿者组织，这些慈善组织为患者及其家庭提供建议和帮助，有些也为研究痴呆病因和治疗方法的科学家提供资金。个人可以经几种方式提供帮助，或参加资金筹集活动，或家庭志愿者帮助活动，或加入其他支援组织。人们通过参加这类活动，感到自己有机会为别人做些有益的事，这是痴呆这一悲剧事件所能带来的一点好处。

要 点

● 人们的寿命越来越长。

● 人口的老龄化意味着像阿尔茨海默病这样影响老年人的疾病会不断增多。

● 正在进行的大规模医学研究力求找出阿尔茨海默病和导致痴呆的其他疾病的原因。

索引

记录

记录